LA
JOYEUSE SEMAINE,
OPUSCULE PATRIOTIQUE

DÉDIÉ A TOUS LES BONS FRANÇOIS,

Détail plaisant et exact de ce qui s'est passé à Paris depuis le 12 juillet jusqu'au 18 inclusivement.

SECONDE ÉDITION.

Corrigée par l'Auteur avec le plus grand soin.

Air : *Des Dettes.*

D'honnêtes gens, bien tristement
Ont été contraints au serment ;
C'est ce qui les désole ;
Des bons françois entends la voi,
Dieu puissant ! donne-nous un roi,
Cet espoir nous console.

A PARIS,

De l'imprimerie des amis de la monarchie.

—————

1790.

AVIS

LES applaudissemens , dont depuis la révolution, le Public veut bien honorer mes ouvrages , viennent d'être portés à leur comble par l'accueil flatteur qu'a reçu celui-ci. C'est le cas de dire :

Le plaisir passe la peine.

Car , de bonne foi , j'ai oublié les désagrémens patriotiques par lesquels il a été contrarié. J'en dois des remercîmens à MM. les Patriotes qui , par leur persécution , en ont augmenté le débit.

LA JOYEUSE SEMAINE,

OPUSCULE PATRIOTIQUE

DÉDIÉ A TOUS LES BONS FRANÇOIS.

AIR : *Des pendus.*

Or écoutez, petits et grands,
Le récit des plus surprenans,
Et l'histoire bien véritable
D'une fête très-mémorable....
Les traîtres à la nation
L'appellent fédération.

Et les honnêtes gens, alliance de désolation. En effet, en ce jour étonnant, j'ai vu une partie de la France jurer, sous les plus sinistres auspices, de maintenir et d'achever la ruine de l'autre au péril de sa vie. Fût-il jamais serment plus affreux ! Comment admirer, comment croire un pareil serment ? Les Français un jour redeviendront Français, et riront alors de cette comique journée, qu'à bon droit l'on appellera la journée des faux sermens, d'autant que la force a fait prêter les principaux et la légéreté française a hasardé les autres sans en connoître la valeur.

A 2

Aïr : *Du vaudeville du faux serment.*

Quand on écrasse la noblesse
On exige de sa foiblesse
Qu'elle prête aussi le serment ;
Ah qu'elle ment !   (*trois fois.*)
Vainement elle s'en désole
La guerre vient qui la console ;
Bientôt elle oublie son serment.   *bis.*

Mais n'empiétons pas sur les jours. Jai promis la Joyeuse Semaine , et je commence.

L U N D I.

Air : *Du haut en bas.*

Un d'Orléans
Arrive exprès de l'Angleterre ;
Un d'Orléans
Arrive et veut briller céans ;
Mais en ces lieux il ne plaît guère,
Et pour qui craint le bruit de guerre
C'est imprudent.

Aussi quoiqu'ayant annoncé par tout avec fracas qu'il venoit pour assister à *l'auguste cérémonie de la fédération* , s'est-il dispensé d'y paroître (1). Les uns disent que la lettre de M. Suleau a intimidé *sa très-brave altesse*; d'autres assurent que deux mots que lui dit à l'oreille en sortant de l'assemblée nationale, le général parisien, lui ont si fort glacé les sangs, qu'il a cru prudent d'aller passer cette belle journée à Mousseau ; le tems étoit si engageant pour aller à la campagne !.............................

Air : *De la tentation de Saint-Antoine.*

Le duc craignant de pécher,
Dans cette aventure,
Courut vite se cacher
A Mousseau la masure,
Il a peur du baccanal ,
Il fuit le blond général.
Le plat plat, le plat plat, le plat plat,
Le plat personnage,
Il est sans courage.

Laissons-le donc à Mousseau , il y est bien pour la tranquillité de Paris , encore mieux pour la sienne.

———————————

(1) C'est par erreur que l'auteur écrit que M. d'Orléans, n'étoit pas à la fédération ; il y étoit. Note de l'éditeur.

Parlons de l'arrivée des Bretons avec armes et bagages. Arrivée formidable qui, s'ils ne se fussent faits précéder d'une branche d'olivier, auroit fait trembler tout Paris ; ils étoient au nombre de deux cens cinquante ; grace à ce signal de paix, on les a vu sans crainte, mais avec un respect et une admiration qui les a étonnés.

Air : Connu.

Les preux Bretons y sont aussi ;
Ça ira, disent-ils, merci
    Leur valeur nous désole :
Mais on les trompe, ils le verront,
Royalistes ils deviendront,
    C'est ce qui nous console.

Ils traversent la place Louis XV au bruit confus des plus vifs applaudissemens ; ils n'avoient pas besoin que des gardes fissent ranger sur leur passage ; leur contenance ferme en imposoit à nos héros nouveaux nés, au point que la voie la plus large leur étoit laissée ; pendant que les bons parisiens osoient à peine les regarder en face, on les voyoit fixant sans étonnement, mais avec une sorte de bonté, ces fiers conquérans, glorieux d'avoir forcé un fort sans défense, et fait prisonnier un roi sans garde et sans appui. C'est ainsi qu'ils arrivent aux thuilleries ; ils demandent à saluer le roi, il s'empresse de les accueillir. Un d'entr'eux prend le parole et dit :

» Roi des Français, je te salue, au nom de la plus formidable province de ton royaume ; regardes-nous comme tes amis ; épanche, si tu en as, tes chagrins dans notre sein ; es-tu heureux, nous le sommes ; as-tu à te plaindre, nous sommes prêts à prendre ta défense. Descendant d'Henri IV et de Louis XII, tu voulois notre bonheur, sans doute ; parle : et tremblent les malheureux qui auroient pu contrarier l'envie que tu avois de bien faire. On a exigé de nous en ton nom le sacrifice de nos privilèges ; nous avons bien voulu déroger aux promesses sacrées que nous avions exigées de Louis XII ; mais, si nous renonçons à des privilèges que notre valeur auroit pu soutenir, c'est à toi, prince magnanime, que nous en faisons hommage. Crois, et nous te le jurons, que les bretons serons toujours tes fidèles sujets : la loi et le roi, voilà leur devise «.

Ils reçurent du roi l'accueil que méritent

leur franchise ; des larmes coulèrent de ses yeux ; mais comme il étoit pris à l'improviste, et que l'orateur n'avoit pas envoyé ce discours, dicté par son cœur, aux ministres, il ne sut leur répondre ; ils lui tinrent compte de sa bonne volonté, et se retirèrent fort satisfaits.

Ils se mirent en marche pour se rendre chez leurs chargés de pouvoirs à l'assemblée nationale. On assure qu'ils veulent tout voir par leurs yeux. C'est bien le cas de dire à MM. les députés : *gare la lumière.*

Air : *On doit soixante mille francs.*

Ils ont été chez Chapelier,
Qu'ils ont pris pour un financier,
   Cette erreur le désole.   *bis.*
Briller n'est pas de vos devoirs,
Nous révoquerons nos pouvoirs,
   Nous voyons notre école.   *bis.*

Après avoir vu leurs autres commis, dont on dit qu'ils n'ont guère été plus contens, au lieu de se livrer aux orgies du palais-royal, comme leurs confédérés des autres provinces, ils se sont retirés chez eux pour réfléchir aux désordres dans lesquels ils commençoient à voir que les soi-disans législateurs du manége avoient précipité l'état. Un d'entr'eux prit la parole et dit :

Air : Du cantique d'Alexis.

> Avec le ton d'une douce arrogance
> Père Gérard étaloit à vos yeux
> Qu'au sénat seul résidoit la puissance,
> Qu'un Jacobin étoit égal aux dieux.
>> Qu'on me révère,
>> Je suis un père
>> De cet état

Un fédéré breton.— Qui pourtant si mal va.

Eh quoi ! le père Gérard aussi a pu se laisser séduire ! *Les hommes sont égaux,* nous n'en pouvons plus douter d'après ce trait, tous sont corruptibles, tous sont vicieux, puisque le père Gérard, l'honneur de son village, n'a pu résister aux prestiges.

Air : Du haut en bas.

> L'eussiez-vous cru ?
> A Gérard cette impertinence ;
> L'eussiez-vous cru ?
> En vérité j'en suis confus ;
> Ses airs et son ton d'impudence
> Nous prouvent bien que dans la France
>> Tout est foutu.

Lé tems ne me permet pas de vous rendre ici toute la suite de leur entretien ; tout ce que je puis assurer, c'est qu'ils n'exalteront pas, à leur retour chez eux, les vertus de leurs délégués. Je le leur avois déja dit, à MM. du manége ; le demi-jour leur étoit favorable. Ils ont eu tort de vouloir se montrer à découvert, et j'en conçois pour eux l'augure le plus fâcheux.

MARDI.

*Air : **Eh bon bon**, bon, que le vin est bon.*

Il étoit question de gala
Et le Provençal arriva,
   Il est toujours bon drille ;
Aux bourgeois il sourioit,
Il dansoit, chantoit et crioit :
   Je suis de la famille.
Donnez-nous du vin, ou bien saba,
La fête n'est rien sans cela,
Et bon, bon, bon, que le vin est bon,
   A ma soif j'en veux boire.

Tel fut à-peu-près l'arrivée de nos joyeux patriotes de Provence. Ils étoient au nombre d'environ trois cents, précédés d'un tambourin et d'un flageolet, étendard déployé ; ils visitèrent tour-à-tour les tuileries, le palais royal et les principales places publiques. Leur gaîté ranima la nôtre, et nous en avions grand besoin ! leur marche étoit tout-à-fait agréable ; ils dansoient d'un pied et marchoient de l'autre, tête à droite, tête à gauche ; de tous les côtés où les attiroient les regards des aimables prêtresses de Vénus qui, connoissant leur valeur au jeu d'amour, ne manquoient pas de les provoquer. Ce jour est écrit en caractères ineffaçables dans les fastes de nos Laïs du palais royal. Après leur départ, nous ne doutons pas que quelque sapho moderne, dont nous ne manquons pas, ne rende public le détail de leurs prouesses. Le sieur Riquetti leur enleva cependant un grand nombre de ses comméttans ; il les traita avec magnificence ; les mets les plus exquis, les vins les plus fins et les beautés les plus à la mode, rien ne fut épargné par ce magnifique sybarite, qui crut, par cette somptuosité se mettre à l'abri des reproches qu'il sentoit mériter ; mais entre la poire et le fromage, un de ses compatriotes lui adressa ce couplet.

Air : *Si je meurre que l'on m'enterre.*

Déshonorant la noblesse,

(1) Mirabeau se fit bourgeois :
 N'écoutant que sa bassesse,
 Il nous réduit aux abois ;
 Son seul intérêt le guide ;
 Tantôt il est Orléans,
 Ensuite on voit le perfide
 Renier ce partisan.

Ce couplet occasionna une rumeur qui alloit troubler la fête ; Mirabeau vouloit se justifier, les partisans vouloient se batre, les honnêtes gens vouloient détruire la sequelle jacobite, lorsqu'un gascon qui se trouvoit à ce souper obtînt un moment de silence.....

Air : O Mahomet.

Il faut changer, c'est sa loi la plus chère,
 Etre à celui qui le paie le plus ;
 Et que lui fait le reste de la terre,
 S'il a du vin , des filles, des écus,
  Il faut changer, etc.

Cet impromptu peignoit l'amphitrion de cette fête sous des couleurs si plaisantes et en même-temps si vraies, que la colère des uns et des autres s'appaisa. Les ris succedè-

____

(1) On se doute bien que c'est du sieur Honoré Riquetti que nous parlons ici ; le peu d'habitude de ces nouveaux noms est cause de l'erreur où nous sommes tombés.

(13)

rent à la mauvaise humeur, et le souper se finit au mieux.

Jamais on n'a tant chanté à Paris ; les rues, à compter de cette journée, sont tapissées de chansons. Si le grand nombre qui en paroît fait honneur au patriotisme des chansonniers, il prouve aussi malheureusement la décadence du goût. Dans les trois cens soixante-dix-neuf chansons que j'ai acheté dans cette soirée et les jours suivans, je regrette de n'en avoir trouvé aucune à citer.

En passant à la halle, voici des couplets que j'y ai entendu. Ils m'ont frappés ; mes lecteurs en jugeront, j'en ai admiré le patriotisme.

Air de Malboroug.

Liberté nous enchaîne,
Que mon cœur, mon cœur, a de peine !
Liberté nous enchaîne,
Nous y succomberons.
Mais quand un roi j'aurons,
Les nobles reviendrons.

Le clergé, la finance,
Que de maux, de maux, que de peine !
Le clergé, la finance,
Et notre parlement,
Et tous ces bons enfans
Qui sont mis au néant.

Nous avons une reine,
Que son cœur, son cœur a de peine,
Nous avons une reine,
Que toujours j'adorons ;
Et son petit poupon,
C'est un beau rejetton.

Beau prince, mon beau prince,
Que mon cœur, mon cœur a de peine,
Beau prince, mon beau prince,
Toujours j'vous chérirons :
Dans nos cœurs est Bourbon,
Dans nos cœurs est Bourbon.

Liberté nous enchaîne, etc. etc.

Journée à jamais mémorable du Mercredi 14 Juillet 1790.

Au milieu d'un champ, jadis l'honneur et la gloire de la France, s'élève sur trente-six potences une masse quarrée appellée : *autel de la liberté* ; cette charpente dégoutante est couverte de lambeaux de toile grotesquement peints.

Sur l'une des faces à gauche étoit écrit *constitution* ; la précipitation des ouvriers ne leur ayant point permis de fixer leurs couleurs, la cérémonie n'étoit pas finie que ce mot étoit déja presqu'entièrement effacé. Au-dessous étoit une femme enveloppée de nuages. Sur ce même côté on voyoit encore la France tenant à la main une corne d'abondance que de violentes secousses ont entièrement vuidée, les arts et les sciences en pleurs étoient à ses côtés.

Sur la façade qui regarde la galerie, des guerriers nationaux, les bras tendus vers l'autel, prient dieu pour une éternelle paix, et prononcent le serment fédératif et constitutionnel.

Sur l'un des côtés, vis-à-vis l'amphithéâtre circulaire, on lisoit ces vers gravés dans toutes les ames libres.

Les mortels sont égaux, ce n'est pas la naissance,
C'est la seule vertu qui fait leur différence.

Pénétrez-vous de ces sublimes vérités, peuple français, et vivez dans un état monarchique, les choses iront au mieux !....... consultez plutôt les amis de la bienheureuse constitution ?.....

La loi dans tout état doit être universelle,
Les mortels, quels qu'ils soient, sont égaux devant elle.

Autre maxime excellente sans doute, puisqu'on nous la donne pour servir de base à la constitution d'une monarchie !

Sur le côté opposé, la renommée proclame,

dans toute la France , les décrets *très-mortels* , dont ce royaume, jadis florissant , rougira sans doute bientôt dans tout l'univers.

LA NATION, LA LOI, LE ROI.

La nation , c'est vous :
La loi, c'est encore vous, c'est votre volonté ;
Le roi, c'est le gardien de la loi.

Ainsi voilà le roi des Français métamorphosé , chose étonnante , en concierge , en archiviste de la France ! Je ne sais qui doit le plus rougir , ou de ceux qui ont dicté une telle inscription , ou du monarque qui seroit assez petit pour accepter de pareils titres ?

Un échafaud adossé à l'école royale militaire la cachoit entièrement. Un monument superbe , l'honneur de la France et de son fondateur , Louis le bien aimé auroit sans doute fait rougir de leur mesquinerie les fauteurs de cette fête puérile ! aussi l'ont-ils caché. C'est sur cet échafaud ridicule que l'on a placé le roi, la reine et l'espérance de la France au milieu des destructeurs de la première monarchie du monde. Ce coup-d'œil affreux faisoit naître dans l'ame des spectateurs philosophes les pensées les plus tristes !

Au

Au bout opposé vers la rivière, on avoit élevé un portique appellé *arc de triomphe*; il étoit composé de trois petites portes pour faire entrer les grands hommes de France (le roi et la reine n'y ont point passé, ils se sont rendus sans suite à l'école militaire, d'où ils sont montés sur l'échafaud); ces portes écrasées étoient décorées d'emblêmes insignifians, aussi lourds et aussi gauches que les inscriptions dont on avoit cru les orner, et que l'architecture qui en composoit la masse informe.

Sur des terres de rapport, élevées aux deux côtés du champ, on avoit placé quelques bancs d'école, où se trouvoit à portée de recevoir la pluie, le bon peuple de Paris, sur-tout celui des fauxbourgs, qui la craint le moins. Tel étoit le coup-d'œil qu'offroit anx étrangers cette superbe et immortelle fête, *qui efface à jamais tout ce qu'ont pu faire de plus grand les Grecs, les Romains, les Spartiates*, etc. etc. etc.

credite græci et romani !

Je ne vous donnerai point ici la description, l'ordre et la marche du *bigarré cor-*

B

tège, assez d'autres sans moi ont *crié* cette marche pompeuse. Il suffira que vous sachiez qu'un nombre d'environ 25,000 hommes, tant armés que désarmés, tant enfans que vieillards, et gens en délire, ont traversé tout Paris de six à neuf heures du matin, et sont arrivés sains et saufs au Champ-de-Mars, qui ne fut jamais plus pacifique; de tous les aristocrates, dieu seul s'étant déclaré l'ennemi de cette fédération.

Le tambour-major de nos frères les fédérés de Lyon, étoit remarquable par sa taille et la richesse de son costume.

Chacun s'est placé dans les cantons qui lui étoient indiqués. Comme les terres s'y trouvoient fraîchement remuées, un mauvais plaisant a dit: *que chacun même y étoit à sa place*, parce que tous ces bons patriotes étoient dans la crotte jusqu'à mi-jambes.

Toutes les cataractes du ciel étoient ouvertes pour faciliter aux anges la vue de ce superbe et imposant spectacle. Mais malheureusement, faute de précaution sans doute, ou peut-être par pure méchanceté de la part de l'Éternel, Paris et même le champ de Mars, dit aujourd'hui par les urs *champ de la liberté*, et par d'autres *champ de la politique*, furent toute la journée inondés des eaux célestes.

On y a dit une messe, quoique nous ayons sagement décrété de n'y plus croire. Ensuite la fameuse bombe est partie, et le major général de la fédération a prononcé le serment civique, auquel tous les bons citoyens en chœur ont répondu par un *je le jure*.

Le président de l'assemblée nationale a aussi juré tout au long, et l'assemblée a répété les mots sacrés *je le jure*.

Après tous ces jureurs, le roi des François, qui après son sacre étoit, par la loi constitutionelle du royaume, dispensé de tout serment, a levé les bras vers l'autel.

« Moi, roi des François, je jure à la nation d'employer tout le pouvoir qui m'est délégué par la loi constitutionnelle de l'état, à maintenir la constitution, et à faire exécuter les loix. »

Et ce serment a retenti jusqu'aux extrêmités du monde. Tous les rois nos voisins, amis du monarque, de la monarchie et du bonheur du peuple François, ont également, et dans le même moment, mentalement juré d'employer toutes leurs forces à maintenir la loi constitutionnelle de l'état monarchique de France, et à y faire exécuter et respecter les lois que l'anarchie a presque éteintes.

Entendez ce serment, vous tous qui boule-
versez l'état ; entendez et tremblez . . . .

Ensuite, comme il n'est point de bonnes fêtes
sans *Te Deum*, on l'a chanté au son des instru-
mens militaires ; et après s'être allé rafraîchir aux
invalides , le pompeux et vaillant cortège est
parti pour la Muete.

Tel est le détail exact et véritable de ce qui
s'est passé au champ de Mars le mercredi 14
juillet de cette glorieuse et à jamais mémorable
année , sœur cadette de 1789.

Pendant que nos jureurs se mouilloient au
champ de Mars , et que Paris , gardé par douze
mille hommes , jouissoit de la plus douce tranquillité , Mesdames avoient eu l'indiscrétion
d'inviter quelques-uns de leurs amis à venir
passer cette journée à Bellevue , pour les con-
soler des malheurs que leurs tendres sollicitudes
leur fait craindre pour les bons François. Elles
ne pensoient pas , ces bonnes et respectables
princesses, que la liberté , aujourd'hui tant van-
tée en France , n'est que pour le peuple , et que
le roi ni les grands n'en sauroient jouir sans
crime. Aussi n'a-t-on pas manqué de traiter
d'assemblée d'aristocrates la société qu'elles
avoient rassemblée près d'elles ; et il y a même
eu au champ de Mars des motions pour aller

enlever à ces vertueuses princesses les amis dont elles s'étoient entourées.

Nul aujourd'hui ne sera libre que nous et nos amis.

Telle est l'admirable devise du bon peuple François.

Cependant les fédérés arrivent à la Muete. Là, rangés sur la vaste esplanade du château, ils ont, à la manière des Lacédémoniens, investi des tables qui gémissoient sous le poids de plus de trois cents dindons ; le roi même s'est un moment assis au milieu d'eux, et l'orchestre jouoit alors l'air si touchant :

> Où peut-on être mieux
> Qu'au sein de sa famille ?

A Paris, grande illumination. On distinguoit celle du bourgeois des Tuileries, qui a d'autant plus étonné, que dans les événemens les plus heureux pour la France, on n'étoit pas dans l'usage d'illuminer les maisons royales.

Le sieur Villette, se présentant de face avec un *ça ira*, a paru fort plaisant.

J E U D I, sabat national.

Air : *Plus ferme qu'Annibal.*

Pour faire carillon
Vive la nation,

C'est un démon,
Un vrai brise-maison ;
C'est sur-tout au palais royal.
Qu'elle va faire baccanal,
Forçant le cirque national
Elle se rend maître du bal,
Sans respect pour les gardes Paris !
Qui pourtant sont de ses amis.
Paroît-elle, Orléans
N'est plus maître céans.
La liberté poursuit son plan,
Vous verrez cet enfant
Marcher pas de géant.

. . . .

Et bientôt rentrer dans le néant,
Où le veut plus d'un partisan.
Alors Barnave et Chapelier,
Target, Thouret et Démeunier
Auront beau se plaindre et crier !...
Mirabeau, Desmoulins,
Redeviendront des Egrefins ;
Montmorenci sera bien sot,
Et n'osera dire un seul mot.
D'Orléans verra son erreur,
Il n'en sera que pour la peur.
Adieu licence l'on t'a vu,
Mais alors tout étoit foutu.

Pour faire carillon, etc.

Le jeudi, après avoir nationalement dîné,
MM. les fédérés forcèrent le cirque national,

firent à l'entrepreneur rendre l'argent des bil-
lets, y entrèrent en confusion, brisèrent tout,
et se retirèrent joyeusement. Douce liberté,
que tu as de charmes pour les ames sensibles !
Viens embellir nos climats ! les François seuls
sont faits pour apprécier tes bienfaits.

Credite græci et romani.

VENDREDI & SAMEDI.

Galat donné par les législateurs du ma-
nége aux nationaux fédérés.

Air : Chantons les matines de Cithère.

Pourvu qu'on nous paie nos voyages (1)
Nous serons d'accord et tout à vous ;
Mais si nous sommes prudens et sages,
De votre côté prévenez nos goûts.

Fêtes et bon vin sont faits pour plaire,
Si nos braves soldats vivoient de vent !
Parisiens, pour nous satisfaire,
Donnez-nous à pleines mains votre argent.

Pourvu qu'on nous paye, etc.

---

(1) La demande des frais de voyages qu'ont faite
MM. les Fédérés à l'assemblée nationale est consignée
dans le Postillon de samedi au soir, 17 juillet.

B 4

Tel est le langage des braves et désintéressés patriotes fédérés qui inondent en ce moment la capitale , et qui en ont fait fuir d'honnêtes citoyens qui , loin de demander de l'argent , le répandoient avec profusion et générosité dans le commerce et dans toutes les classes de la société.

Cependant, en attendant le juste salaire que réclament nos fédérés patriotes , ils acceptent de tous côtés fêtes et galas. Tantôt les citoyens les traitent et les comblent d'honnêtetés ; tantôt les *souverains législateurs* du manége , descendant de leur grandeur , leur donnent de splendides repas. On a entr'autres fait mention de ceux qu'ont donnés l'abbé Mauri et le gai et charmant vicomte de Mirabeau , parce que le levain d'aristocratie dont ils sont entachés , fixe toujours les yeux sur eux.

L'abbé Mauri n'ayant point reçu la visite des fédérés de sa province qu'on avoit indisposés contre lui , a eu toute la peine imaginable à les joindre et à les réunir. Enfin y étant parvenu à force d'art et d'éloquence , il les a déterminés à accepter un souper chez lui vendredi. Voici ce qui s'y est passé.

Sur sa porte étoit cette inscription :

Un repas frugal
Est un régal ,
Quand l'amitié nous le donne.

En entrant , voici ce qu'il leur a dit : « Jadis j'aurois pu recevoir splendidement. Aujourd'hui les fortunes changent de mains. Seront-elles mieux placées ? Si vous voulez voir le riche réuni à l'élégant , allez chez mes confrères Chapelier , Mirabeau , Barnave , Lameth et autres Jacobites. J'ai fait mon devoir , j'ai été fermement attaché aux intérêts de mon roi et de la nation qui lui est chère ; j'ai respecté les ordres de mes commettans ; j'ai souvent rappelé l'assemblée à ses cahiers ; j'ai été fidèle à ma religion ; d'après cela , loin d'être riche , si je ne suis pas pendu , c'est que les plus grands scélérats sont quelquefois intimidés par la contenance ferme et imposante de l'homme honnête qui a toujours pour lui la raison. Soyez les bienvenus ; vous et vos enfans serez mes juges , et j'en déférerai toujours avec plaisir au tribunal du peuple ; il est bon , et ne se porte à des excès que quand des cabales sourdes le font agir , encore est-ce le plus souvent , sans qu'il s'en doute , contre ses intérêts ».

A ces mots, chacun lui a sauté au col, et se félicitant d'être chez lui, tous l'ont prié de les instruire. « Je le ferai d'ici à peu de temps par écrit, a-t-il répondu ; puis poussant un profond soupir, les François frémiroient s'ils savoient ce qu'on leur prépare ! On a annoncé que c'étoit servi, et chacun s'est mis à table sans ordre ni cérémonie. Le repas étoit simple, et les derniers mots de l'abbé n'y avoient pas amené la gaîté. Enfin, au dessert, il a lui-même provoqué ses convives ; il leur a assuré que les honnêtes gens avoient pris des mesures certaines pour parer aux coups que cherchoient à porter des méchans, et de suite il leur a fort gaîment chanté :

Air . *J'ai perdu mon Euridice,*

J'ai perdu mes bénéfices,
Mais si pour votre bonheur
Il falloit des sacrifices,
Ah ! je les fais de grand cœur.

Ici tous les convives ont interrompu le chanteur par les plus vives acclamations ; on a crié vive l'abbé Mauri, c'est un bon citoyen. Cependant un enragé qui se trouvoit présent, et que toute l'éloquence du charmant abbé n'a-

voit pu convaincre, lui a riposté par ce couplet patriotique , mauvais selon l'usage ; il n'a
pas été fort accueilli.

Air : *Avec les jeux dans le village.*

Tu nous dis d'un ton pathétique,
Que tu voudrois notre bonheur.
L'ambition , plus ne te pique ,
Elle ne touche plus ton cœur.
Aujourd'hui ton ordre redoute
Du peuple les emportemens ,
Mais il n'a pu poser en doute
Qu'on ne croit pas à ses sermens.   *bis.*

Le plus grand silence a régné après ce
couplet. L'abbé l'a interrompu par cette courte
réponse : » Un serment prêté volontairement
est une promesse sacrée et inviolable ; le serment forcé ne peut être obligatoire dans aucun
cas «.

Ce repas a fini avec la plus grande gaîté.
Les Picards , rapatriés avec Mauri , ont promis de le peindre dans toute la province sous
les couleurs avantageuses qui lui sont dues.
Tel est l'effet de la calomnie ; elle se répand
dans les ténèbres , un seul trait de lumière la
détruit.

Les limousins, loin de fuir leurs députés, comme l'avoient fait les Picards, se sont rendus chez tous, sans excepter le vicomte de Mirabeau, qu'ils vouloient occir. Sa contenance a heureusement un moment arrêté leur fureur, et avec son sang-froid et sa gaîté ordinaire, il leur a adressé ce couplet :

Air : *Un jour me demadoit Hortense.*

Ah ! de grace, daignez m'entendre,
Après vous pourrez me juger.
Mon but n'est point de vous surprendre,
Mais de vous sortir de danger.
Vous croyez servir la patrie ?....
Qui sert son roi fait son devoir ;
Qui le trahit !... L'ame avilie,
Au gibet un jour il faut voir.

Il furent si étourdis de cette fermeté, qu'ils restèrent un moment interdits. Voici ce que lui répondit un des fédérés.

Air (1).

Trod aimable vicomte
Pardonnez nos erreurs ;

____

(1) *Note de l'Editeur. Jacob*, nous présumons que dans ce couplet le chanteur provincial s'est cru toutes

Nous l'avouons sans honte,
Jacob fit nos malheurs.
Nous desirons vous plaire,
Et c'est de bonne foi :
Dites à notre père
Que nous suivrons sa loi.

Ce couplet a reçu des assistans la sanction volontaire des applaudissemens qu'il méritoit. On assure que les députés des provinces s'en retournent chez eux moins éblouis des fêtes, qu'éclairés sur la conduite *de la plus respectable* des assemblées *manégeantes*. C'est le cas de répéter le couplet de ma chanson.

Air : *Des dettes.*

Les traîtres à la nation.
Mandent la fédération ;
   C'est ce qui nous console.   *bis.*
Aussi bien depuis plus d'un an,
Licence a mis tout au néant ;
   C'est ce qui nous désole.   *bis.*

---

licences permises en faveur de la *liberté*. Il oublie l'ortographe dans *vicomte*, il prend *Jacob* pour les Jacobins.... Quelle liberté, grand Dieu ! que celle qui, accablant les François, manque de respect à la langue nationale, au roi, à la religion, etc. etc. ect.

Enfin loin de politiquer comme le préten-
dent les enragés, on s'est beaucoup amusé
chez le gai vicomte, on a beaucoup bu sans
excès, et on s'est livré à la gaîté la plus
édifiante et la plus *patrio-aristocratiquement
édifiante*.

DIMANCHE.

L'eau, la terre et les *cieux*, témoins de notre bonheur.

Commençons d'abord par rendre grace à
la sage administration qui tient en ce moment
les rênes mal assurées de notre bonne ville,
pour le petit nombre d'accidens qui sont arrivés.

Les sermens qui avoient été noyés le mercredi n'ont fait que changer de genre de mort,
ils sont péris le dimanche par le feu.

Du Champ-de-Mars devoit partir un ballon
soporifique de tous les potentats et nobles de
la terre. Il devoit porter dans les quatre par-
ties du monde le serment et les principes de
la constitution française; mais ô malheur ! ô
prodige ! les flammes ont consumé le serment ;
et les principes constitutionnels qui devoient

éclairer l'univers se sont perdus en fumée dans l'atmosphère céleste. C'est un fléau que dieu réservera sans doute. Déja l'on assure qu'il est placé au magasin de ses plus grandes vengeances.

Ce ballon a blessé dans sa chûte onze personnes, dit-on, fort dangereusement.

Cet accident n'a point interrompu notre gaîté patriotique. Nous avons dansé la noble et charmante contre-danse *ça ira*, *ça ira* : et dans cet espoir vive la joie.

L'après dîner on s'est rendu en foule à la place de la bastille, pour y voir la superbe fête qu'avoient promise les héros du fauxbourg St.-Antoine. L'absence du coupe-tête qui passoit, avec le général la pique, la journée *incognito* à......... ont fait différer la fête.

On s'est reployé sur les quais pour y voir les grands jouteurs qui, dans de petits batteaux, donnoient au peuple le joyeux spectacle de prendre tour-à-tour un bain gratis, sans beaucoup de cérémonie. Ensuite une illumination générale appelloit tous les citoyens à voir clair, mais : *occulos habent et non videbunt*.

Le serment civique de l'hôtel-de-ville a eu le malheur d'être réduit en céndre. Pleurez,

pleurez , parisiens , de tels accidens sont d'un
bien triste augure !. . . . .

Tels sont les faits immortels qui ont illus-
tré cette joyeuse semaine. Le plus grand avan-
tage qu'ait rapporté toute cette bruyante gaîté ,
c'est d'avoir mis chez les gens de bouche ,
sur-tout , beaucoup d'argent en circulation.

Air : *Des dettes,*

Licence au lieu de liberté
Dérange notre activité ;
   C'est ce qui nous désole.   *bis.*
Peuple françois, loyal et bon,
Tu rendras le sceptre à Bourbon,
   C'est ce qui nous console.   *bis.*

F I N.

Aux premiers jours , *le lendemain de
noce* , détail patriotique de la semaine d'après
la fédération.

Par l'auteur des réflexions d'un fou qui ne
réfléchit jamais , et autres ouvrages aussi
patriotiques.